KB005767

달의 눈물

P.S 미래시선 5

달의 눈물

박소름 시집

만항재 "비밀의 화원"에 꽃을 피운다

일출을 보려고 꽁꽁 얼어 버린 두물머리에 찾아갔다
해를 보려면 아직 한 시간 반이나 남았다
미명 속에서 해를 기다리는 동안
내 삶의 지나온 시간들이 주마등처럼 지나갔다
일출을 보려고 함께한 두 분의 얼굴은
잔뜩 기대에 부풀어 있다
쩡, 쩡, 소리를 내는 얼음 속에서는
두 물이 사랑을 나누느라 분주하다
미처 얼음이 얼지 않은 강물 위로
네 마리의 오리 떼가 배회를 한다
고목 아래 서 있는 사진작가들의 모습은 비장하다

첫 시집을 낼 때는 마냥 신이 났었다

그러나 두 번째는 왠지 쑥스럽고, 어렵고, 배회하는 느낌이다

삼 년 만에 다시 선보이는 두 번째 시집을

아직은 설익은 감이라 생각한다

그렇지만 다시 뚜벅뚜벅 걸어가야 할 나만의 길이 있기에

밝아오는 해를 바라보며

더 열심히 정진하겠다는 다짐을 해 본다

만항재 천상의 화원에 나만의 비밀 창고에선

오늘도 신비로운 꽃들이 피어나고 있듯이

- 2024년 1월 14일 두물머리에서

박소름

소중한 추억을 되살리는 기억의 쉼터

글을 쓴다는 거,
특히 시를 쓴다는 건
너무나 어려운 일이라 생각되는데
벌써 두 번째 시집을 낸다니 너무도 놀랍고 기쁘다.

이제 우리 오십 중반,
문득 학창 시절 친구를 떠올려 본다.
늘 씩씩하고 건강하고
그러면서도 여성스러움을 가끔씩 보여주던 너,
그 시절이 있어 우린 지금 너무도 행복한 거야.

친구의 소중한 마음과 추억

여러 사람과 나누고 봉사하려는 마음이 참 이쁘다.

두 번째 시집 출판을 진심으로 축하하며

언제나 건강하자.

사랑한다.

– 횡성에서

시인 정은숙

지천명은 깨달음을 지향하는 나이

50이란 숫자는 그냥 지나치기엔
많은 생각을 하게 합니다.
스스로 자신을 바라볼 때 한참 생각이 많아지고
새로운 깨달음이 생기는 나이입니다.
지금은 시집을 읽기 좋은 계절입니다.
박소름 시인님의 두 번째 시집 출판을 축하합니다.
좋은 시가 있고 좋은 시인이 있어서 다행입니다.
1집에서 빗소리 따라 족두리꽃을 보며 영감을 찾고
감각적 시로 표현하여 삶에 주어지는 작은 행복에 감동하
는 모습이 내 이야기 같고 내 손을 잡아주는 기분을 느끼게
해주어 고맙습니다.
늘 응원 드리며 다시 한번 축하드립니다.

– 태백산에서

오현 스님

순수한 들꽃의 향기를 담는 그릇

박소름의 시는 순수하다.
시인의 언어는 어둠과 복잡함을 거부한다.
계절을 따라 순응하는
들꽃을 애정하는 시인이 그 매력을 되짚는 마음과
삶을 대하는 태도가 닮았다.
다양한 색감과 모양을 가진 들꽃,
수수하지만 볼수록 어여쁘다.
박소름 시인의 시에서는 들꽃 향기가 난다.

– 시인 김봄서

허튼 시간 없이 부지런한 모습으로 시를 그리다

박소름 시인님!
두 번째 시집 작은 마음 담아 축하드려요.

"언니 축하합니다."
한 아름 꽃다발을 안고 달빛문학회 첫 동인지 출판기념회를
축하해 주러 왔던 6년 전 그때, 우리의 만남이 두 번째였던가…
"나도 글 쓰는 거 좋아하는데~"
그대는 넓은 오지랖만큼 금방 우리들과 한 무리가 되었고
열정 또한 최상급이었다오.

엄동설한 눈밭에서 노오란 꽃잎
부지런히 밀어 올린 복수초를 닮아
이미 그대는 나보다 먼저 등단한 멋진 시인이었다네.

만항재 야생화의 친구가 되고 엄마가 되어
낮은 연두 잎들의 여린 솜털까지
꽃잎들의 고요한 숨소리까지
고이 담아내는 멋진 작가님!
열정쟁이 그대여, 두 번째 시집을 축하한다오.

잠시도 허튼 시간 없이 부지런한 모습으로,
아들들을 멋지게 잘 키워 낸 그대여.
시인으로, 직장인으로, 가장으로, 며느리로, 동인회장으로,
바쁜 와중에도 부지런한 열정으로 출간하는
두 번째 시집을 진심으로 축하하오.

– 시인 김노을

일상의 결을 진심으로 그려 내는 시인

봄마다 만항재 야생화를 찾아가 칭찬을 아끼지 않는 시인.

덕분에 야생화 이름도 많이 알게 되었습니다.

자연에서 태어나 누구보다 자연 속에서 길을 찾고

시의 소재를 찾아가는 시인의 고운 마음을

그녀의 첫 번째 시집 '유문동 가는 길'에서 이미 엿보았습니다.

3년 만에 발간하는 박소름 시인님의 2번째 시집에는

어떤 자연의 향기와 일상의 결을 담아냈을지

궁금하고 기대됩니다.

두 번째 시집 발간을 진심으로 축하드리며

시간의 결을 따라

시인님의 시선으로 함께 시 속으로 여행을 떠나보려 합니다.

– 시인 이서은

작은 생명을 사랑할 줄 아는 시인

시를 알게 되는 것은 또 다른 삶의 통찰입니다.

시인의 삶은 점점 깊어지고 무르익어갑니다.

자연을 벗 삼고 자연을 닮아가는 박소름 회장님!

틈틈이 만항재와 물무리골을 찾아다니며

들꽃의 안부를 묻습니다.

달빛문학회 회장으로 들꽃을 닮은 넉넉한 웃음과

편안한 여유로 우리에게 다가옵니다.

몸에 밴 부지런함으로 벌써 두 번째 시집을 발간하게 되었네요.

작은 생명체도 사랑할 줄 아는 순수함을 간직한 회장님!

시를 쓰는 일에 같이 발을 담그고 있다는 것이 든든합니다.

세상의 아름다움을 시를 통해 풀어내는 시인님!

각박한 세상에서도 순수를 갈망하는 시인님!

슬픔도 유머로 풀어낼 줄 아는 따뜻한 시인님!

사랑과 애정을 닮아 세상에 나오는 두 번째 보물을 축하합니다.

– 시인 엄선미

추천사

유쾌하고 솔직한 삶의 이야기

2024년, 동강 일대에 할미꽃이
또 한 번 만개하려나 봅니다.

소름 시인님,
낮에는 학교에서,
저녁에는 지역사회 봉사활동을 하는
바쁜 일정 속에서
두 발로 바삐 누빈 시간이
또 한 번의 결실을 얻었군요.

유쾌하고 솔직한 소름 시인님의 두 번째 이야기를 통해
삶의 다양한 색채를 발견할 수 있게 되어 너무나도 기쁩니다.

앞으로도 더 많은 작품 활동을 통해
독자들에게 희망과 웃음을 선사해 주시길 기대하며,
소름 시인님의 문운을 기원합니다.

– 술샘에서

시인 윤슬

자연의 호흡과 시인의 감정으로 태어난 시 한 편

보이는 것과 보이지 않는 것,
느낄 수 있는 것과 느낄 수 없는 것,
시인의 오감으로 새로운 글들이 탄생합니다.
박소름 시인의
시어 하나하나에는 자연과 소통하고
자연에서 긴 호흡을 통해 느끼는 감정을
진솔하게 느낄 수 있어서 참 좋습니다.
달빛문학회 문우로서
존경하는 시인님의 2집 출간을
진심으로 축하드리며,

시인의 삶이

얼마나 소중하고 중요한지,

베스트셀러 시인이 아니어도

단 한 사람의 독자에게

글을 사랑하는 자연인으로

감동을 전할 수 있는 멋진 시인이 되시길

바랍니다.

언제나 응원합니다.

– 시인 강나루

차 례

제1부 벼의 발목을 자르고

제2부 노루귀를 만지다

제1부

—

벼의 발목을 자르고

레이는 피곤해

아침부터 혼자 수다를 떨었으니
저녁에는 쉬게 해 줘
'차선이탈' 차선이탈
아들은 초보운전이면서도 차선을 안 밟고
잘도 운전하는데
나는 십 년을 넘어도 매일 선을 밟으며
늦은 밤까지 잔소리를 들어야 한다
헤이,
레이,
난 마음이 초보란다

발 케이스

달빛문학회 수업이 끝나고 차에 시동을 걸었다
차의 핸드폰 충전기는 알몸을 원한다
핸드폰 케이스를 벗겨 의자에 놓는다는 게
바닥으로 떨어지고 말았다
손으로 더듬더듬
"잡았다"
손에 잡힌 건 고린내 나는 구두 한 짝이다
혼자 웃고 나서 다시 찾았다
운전석에 비치해 놓은 구두 한 켤레에
5G 화면을 터치한다
와이파이가 애플파이로 변환 중이다

범꼬리풀에 앉은 잠자리

공중에서 빙빙 돌며 길을 헤매고 있다
아직은 네 세상이 아니야
오늘이 하지야
밭에서 감자꽃을 찾았어야지

여기는 해발 1,330미터 만항재야

꼬리를 살랑살랑 흔들며 범꼬리풀에 앉았다
범꼬리풀이 간지러운지 이리저리 몸을 흔든다
내가 싫은가 봐
잠자리도 덩달아 눈이 휘둥그레진다

화가 난 잠자리는 뒤도 안 돌아보고
공중 바람개비를 향해 날아갔다
범꼬리풀의 꼬리가 떨어지고 말았다

용의 비늘

주말 내내
하늘에서 푸른 도마뱀이 쉼 없이
미끄러져 내려온다

푸른 뱀은 땅과 부딪히자마자
용의 비늘로 변했다

말랑말랑한 용의 등을 걸었다
천하를 호령하던 이순신 장군도 부럽지 않았다

끈적한 느낌에 움찔 눈을 떴다
이마에 용의 비늘 하나가 내 눈을 덮었다

어머님의 기억력

금요일 저녁 6시 40분
산악회 월례회 중 어머님이 두 차례나 전화를 했다
전화를 받을 상황이 아니라 식사를 끝내고 전화를 드렸다
난데없이 "내일이 막내 손주 생일이라 치킨 시켜서
손주 할미 한잔하는 중"이니
얼른 오라고 한다
내가 낳은 아들은 일주일 뒤가 생일인데
핸드폰 달력을 봐도 다음 주가 맞는데 잠시 착각을 하셨나 보다
아들 말은 목요일부터 그러셨다는데 이를 어쩌나
총기가 좋다고 소문난 분인데
아니라고 어머님이 잘못 알고 계신다고 할 수도 없고
치매의 전조 증상인가 싶다
3월에도 전화 요금 영수증을 들고 올라와서
이전에는 안 나왔던 게 나왔다고 하시더니
이번에도 숫자를 착각하셨나 보다
가만히 지켜보고 있다가 일주일 뒤
아들 생일날 짜장면 시켜 먹으며
"오늘이 진짜 손주 생일입니다" 해야겠다

고라니를 살려 주세요

사북에서 함백으로 향하는 출근길,
중앙 분리대 근처 고라니의 사체가
이틀째 방치돼 있다
일 년 내내 마을로 향하는 길을 건너야 하는
고라니의 목숨을 건 외출은
배고픔을 해결하기 위한 마지막 수단이다
선택의 여지도 없는
자신의 영역을 무단 침입한 사람들 손에
엄마가 죽고 아빠가 죽고
자식이 죽어 나가는 동안
도로는 점점 넓어지고
차량의 속도는 더 빨라졌다
이젠 더 이상
갈 곳이 없다

백신 후유증

코로나 백신을 맞은 첫날은 엉겁결에 넘어갔다
둘째 날은 약 먹은 병아리 같았다
셋째 날은 식은땀이 나며 어지러웠다
삼 년 전 골절됐던 손가락이 다시 아리고 쑤시기 시작했다
발바닥, 발목, 허리로 통증이 밀려와
갱년기 때 느꼈던 증상과 같다
두통을 동반한 독감 같다
셋째 낳고 몸조리할 때 헛배 앓이처럼 배도 살살 아프다
따뜻한 물로 샤워를 하고 나서 겨우 잠이 들었다
의사는 잘 먹고 쉬라더니 배가 고프면 어지럽기까지 하다
선풍기는 24시간 풀 가동 중이다
며칠 새 눈 아래 검은 초승달이 떴다

J에게

이선희 노래 'J에게'가 며칠 동안 내 귀를 점령했다
삼십 년 넘게 들어도 질리지 않는다
버려진 악보 뭉치에서 건져내 히트를 친 노래,
학창 시절 노트에 가사를 빼곡히 베끼다
수업 시간에 들켜 정수리를 '퍽' 소리가 나게 맞기도 했었다
"노트는 압수! 수업 끝나고 교무실로 와!"
교무실에 가면 내가 좋아하는 영어 선생님도 계실 텐데
조마조마 수업이 끝나기를 기다렸다
교무실은 창문도 높은 곳에 있어서 안의 상황을 볼 수가 없다
살금살금 걸어 들어가 선생님 앞에 섰다
"처음이라 봐준다"
다시, 학창 시절이 소환되었다
그 시절 만났던 J는, 잘살고 있겠지

감자떡

내 생일은 음력 9월 7일이다
벼 베기가 한창인 가을날
엄마는 늦은 오후에 혼자 나를 낳고
몸조리도 못 하고 벼 베러 나간 식구들의
저녁 준비를 하셨다고 한다
고1 무렵, 유난히 눈이 많이 내리던 겨울밤 엄마는 세상을 떴다
고3 때는 언니가 내 생일에 감자떡을 빚어 넓은 가마솥에
껑거리* 지르고 베보자기 얹어 쪄 주었다
하지 감자를 삭혀서 빚은 감자떡은 쫄깃하고 달콤했다
마당가 울타리에 걸린 호박 넝쿨 아래 커다란 항아리에서
술 괴는 소리와 감자 썩는 냄새가 나면
봉선화가 입을 떡 벌리고 그 냄새를 빨아들였다
그렇게 썩힌 감자는 쳇바퀴에 걸러
전분 가루로 둔갑해 며칠 동안 물을 갈아 가며 우려냈다

---

* 길마를 얹을 때에, 소의 궁둥이에 막대를 가로 대고 그 양 끝에 줄을 매어 길마의
   뒷가지에 좌우로 잡아매게 되어 있는 물건. 길마가 소의 등에서 쉽게 움직이지 않
   도록 하는 데 쓰인다.

냄새가 사라지면 얇은 보자기에
숟가락으로 한 수저씩 떠 일광욕을 시키고 나면
흰 가루가 끓는 물 익반죽에 검은색으로 변한다
손바닥에 올려진 반죽에 보일 듯 말 듯 강낭콩을 채워
만지작만지작 송편을 빚으면 감자떡 빚기는 완성된다
가마솥에 스팀 사우나를 삼십 분하면
반질반질 윤기가 반지르르하게 흐르는
감자떡이 되었다
그날이 내 고향 아홉사리에서 받은 마지막 생일상이었다

각설이 돈 벌러 갑니다

중절모에 흰 반팔 티, 어깨끈 달린 퀼트 원피스를 입고
룰루랄라 계단을 내려가는데
나를 지켜보시던 시어머니가
"너는 어디서 그런 걸 사 입었지?"
"사 입은 거 아닌데요"
"옷을 사 주고 그런 말씀하세요"
"내가 사 주면 네 맘에 들겠니?"
"그럼 돈으로 주시면 제가 사 입죠"
아래위를 살펴보며 살살 웃으시며 하시는 말씀
"내가 돈 벌어서 주마"
"그래 입으니 꼭 각설이 같다"
혼자된 며느리한테 할 소리가 아닌 듯하다
혼잣말로 투덜투덜 차에 시동을 걸었다
곰곰이 생각해 보면
각자의 자리에서 열심히 일하고 돈을 받는
모두가 각설이다
시어머니 생각하며
오늘은 각설이 품바 타령이나 실컷 들어야겠다

비 오는 38번 국도 한복집

월요일부터 사흘 동안 쉬지 않고 비가 내렸다
사북의 38번 자동차 전용 도로
양쪽으로 한복집이 늘어서 있다
비단, 광목, 깨끼, 공단들이 쇼윈도에서
빨, 주, 노, 초, 파, 남, 보
무지갯빛으로 반짝인다
황금색 공단은 큰아들 장가갈 때 원앙금침 만들고
파란색 깨끼로 둘째 아들 한복 만들고
분홍색 천으로 시집올 며느리 두루마기 만들면 좋겠다
무지갯빛 비단은 손주 딸 저고릿감이다
빗줄기를 따라 들어온 옷감들이 내 발목을 휘감는다
그나저나,
아들이 장가는 갈 수 있으려나?
혼자 산다고 하면 어쩌지?
공연한 걱정만 하다
문득 한복 한 벌 없는 내가 초라해진다

앵초

해마다 봄이면 논 한가운데 분홍빛이 나를 반겼다
처음 눈 맞춤한 것은 예닐곱 살쯤인 것 같다
그때부터 야생화 사랑에 빠졌던 것 같다
비 오는 날 빼고는 매일같이 보러 갔다
잎이 올라와 꽃봉오리가 피고 질 때까지
그러기를 몇 년이었던가
엄마가 돌아가신 이듬해 봄
그 꽃을 우물가 향나무 밑으로 옮겨 심었다
그리고 해마다 봄이 오기를 기다렸다
그러다가 언제부턴가 꽃포기가 점점 작아졌다
그만큼 내가 커 갔던 것이다
고향을 떠나 이십 년이 지난 어느 여름날 찾아갔지만
꽃은 흔적도 없이 사라지고
커다란 황토집에 자물쇠만 채워져 있었다
내 유년의 기억도 자물쇠 안에
갇히고 말았다

벼의 발목을 자르고

서슬이 시퍼런 낫으로 벼의 발목을 잘랐다

하루 이틀이 지나자 발목에
쌀뜨물 같은 하얀 진액이 나왔다
통증을 참으며 뿌리에서 토해 낸 것이다
땅속으로부터 올라온 지혈이다

열흘이 지나자 발목마다 새순이 나왔다

하얗게 서리가 내리던 날
새하얀 이밥은 입속으로 들어가고
새로 난 싹은 서리에 녹아 사라지고 말았다

두물머리

금강산 옥발봉에서 발원해 317.5km
태백 금대봉에서 발원해 375km
몇 날 며칠
상처와 통증을
굽이굽이 지나 여기까지 왔다

북한강이었던 네가
남한강이었던 내가
머리를 삭발하고 만나
한강으로 손잡는 곳,

대양大洋으로 향하는
마지막 관문에서
얼싸안고 그리움이 되는 곳

여기서 너와 내가 만나
평생을 누릴 수만 있다면,

시집, 가는 날

첫 시집 '유문동 가는 길' 출판 기념회를 앞두고
며칠 동안 잠을 설쳤다
나보다 꽃집 동생이 더 바빴다
화분이 몇 개가 될지를 섭외하고
식장을 채워 줄 인원을 파악하고
화분과 화환이 열 개가 넘자 일일이 전화해서
"화분은 이제 됐으니 오셔서 자리만 채워 주세요" 했다
나도 자리가 텅 비면 어쩌나, 참석자는 알 수 없었다
가야금 연주와 사회를 보시는 김남권 시인의 오프닝 시 낭송으로
행사는 시작되었다
차분한 가야금과 어우러지는 목소리가 환상적이다
짧은 인사말이 끝나고 나니 입꼬리가 자꾸 귀로 향한다
가야금과 정가의 어우러짐은 금상첨화다
이쪽 분들은 이런 공연이 처음이라 놀란 눈치다
거기다 문학회 회원들이 낭송하는 실력이 모두 수준급이다
든든한 아들들과 쑥스러워하는 언니 오빠들은
연신 '잘했다'를 외친다
시인 박소름으로 다시 태어난 날,
나의 두 번째 인생이 시작되었다

보름달이 된 엄마

반년 만에 요양원에 계신 엄마를 만나러 갔다
코로나 때문에 면회는 두 명만 된다는 말에 억장이 무너졌다
조카가 사정사정해 교대로 보기로 했다
그것도 사흘이 지나야 볼 수 있다고 했다
면회 전날 영상 통화를 하는데 눈을 뜨지 않고 대답만 했다
이러다 면회도 거부하는가 싶어 입이 바짝바짝 말랐다
동생네서 뜬눈으로 밤을 새웠다
후들거리는 마음을 가다듬고 엄마를 만나러 갔다
음식도 거부하셔서 코로 호스를 꽂고 있다
누워만 있어서 그런지 얼굴은 정월 대보름달보다 크다
뭐에 삐지셨는지 눈은 여전히 뜨지 않는다
손을 잡으니 내 손을 꼭 잡는다
기어들어 가는 목소리로
"엄마 미안해"
"늦게 와서 미안해" 하고
다리를 주물러 드리려고 만지는 순간 깜짝 놀랐다
다리가 마른 장작이다
순간 폭포처럼 쏟아지는 눈물을
감당할 수가 없어서 뛰쳐나왔다
동생과 바닷가로 가 "꺼억꺼억" 한참을 울었다
아직 기억 속에 남아있는 젊은 엄마가
나를 따라와 가만가만 등을 두드려 주었다

동백꽃 피었다

보름 전에 정동진 공원묘지를 찾았다
아버님 묘지 위에 보라색 꽃이 나를 반겼다
꽃을 보여 주려고 꿈속에 아버님이 나타났나 보다
생전에 좋아하시던 해바라기 조화를 꽂아드리고
소주 한 잔 올렸다
"아버님 저 시인으로 등단해 책도 내고 출판 기념회도 했어요"
자랑하고 아이들과 가족을 잘 보살펴 달라고 속으로 빌었다
동해 바다가 한눈에 보이는 언덕의 봉분이 따뜻해 보인다
'아버님 머리에 꽃이 피었습니다
쑥부쟁이 없어질 때면 붉은 동백꽃도 피겠지요?
다음에는 아이들과 동백꽃 보러 오겠습니다'

엄마의 부고

엄마는 천년만년 사는 줄 알았다
고관절이 닳고 닳아 사라질 때까지
내 곁에 계실 줄 알았는데
일주일 전 영상 통화를 마지막으로 세상을 뜨셨다
남동생이 조심스럽게 전화를 걸어 왔다
"누나 가톨릭식으로 할까요?"
"상을 차릴까요?"
"마지막에 밥도 제대로 못 드시고 가셨으니
상이라도 차려 드리자"
동생의 떨리는 부고를 등에 지고 안산장례식장으로 향했다
보름 전에 엄마 보러 다녀오길 참 잘했다는 생각이 들었다
영안실 제단 위에 엄마가 웃고 계셨다
하염없는 눈물이 쏟아졌다
생전에 내가 못한 것만 자꾸 떠올랐다
엄마, 그동안 힘들게 사셨으니
고통받지 않는 곳에서 편히 쉬세요

제2부

—

노루귀를 만지다

자연에서 살아남기

유튜브로 아마존 청년이 집 짓는 방송을 봤다
맨발에 반바지 차림이다
도구는 달랑 무딘 칼 하나
정글 바닥에 줄을 긋고 땅을 판다
맨손으로 작은 구덩이를 만들고 나무 기둥을 세웠다
벽의 뼈대를 만들고는 진흙을 찾아 나섰다
기둥처럼 높이 쌓아 올린 개미집을
부수고 물과 반죽해 벽을 만들었다

어릴 적 내 아버지 모습이다
행랑채를 지을 때 혼자 먹줄을 튕겨 기둥을 세우고
벽을 만들 때 진흙에 볏짚을 썰어 넣고 반죽을 했다

어느 날은 개복숭아 나무 아래 우물도 팠다
매번 장마가 지면 우물이 떠내려갈까 걱정했다
물이 빠지고 나면 궁금해 뛰어갔다
우물 안에 흙이 잔뜩 쌓여 있었다
진흙을 다 파내고 몇 시간이 지나야 맑은 물이 고였다

아마존 청년도 그랬다
밤낮없이 몇 날 며칠을 두레박으로 물을 끌어 올려
수영장에 물을 채웠다

우리도 다시 원시로 돌아갈 때가 되었다

팥죽 그림 그리기

동짓날이라 학교 급식에 팥죽이 나왔다
전날 저녁에 팥을 삶아 놓기로 했다
바짝 마른 팥들이 양푼 속에서
찰강찰강 소리를 내며 아우성이다
센 불에서 약한 불로 조절하며 삶아 놓고 퇴근을 했다

어릴 적 엄마가 팥죽 한 그릇에 숟가락 하나를 들려 주며
집 주위에 있는
과일나무에 팥죽을 바르라고 했다
우물가 고야나무, 마당 옆 배나무, 장독 뒤 복숭아나무,
뒷산 밤나무까지
팥죽으로 숟가락 붓질을 했다
'내년에는 튼실한 과일 달리게 해 달라고 빌었다'
꼭 저녁때 시키니 손은 곱아지고 얼굴은 발그레 얼었다
해가 제일 짧다는 동짓날이라 그런지 날이 빨리 저물었다

내일 단팥죽은 엄마의 정성을 담아서 맛있게 쑤어질 것 같다

조교와 닭 세 마리

새마을교통봉사대 교통 수신호를 배우는 날
모이다 보니 조교 빼고는 세 사람 모두 닭띠다
수탉 두 마리에 암탉 한 마리
오늘 일정은 수신호를 배워서 동영상을 찍는 것이다
매번 보기만 했지 직접 배우는 것은 처음이다
"자 지금부터 정선군 교통봉사대 수신호 시연이 있겠습니다"
"정면에서 우측, 우측에서 정면, 우측에서 후방, 후방에서 우측"
"다음은 연속 동작으로 하겠습니다"
응용 동작까지 열여섯 가지다
조교의 지도에 따라 배 나온 암탉도 열심히 따라 했다
동영상 찍던 핸드폰이 '철퍼덕' 넘어졌다
그렇게 삼십 분 만에 완성되었다
안 쓰던 팔을 올리고 내리고 했더니 어깨가 뻐근했다
닭들의 합창으로
2021년 교통봉사대 마지막 업무를 무사히 끝냈다
꼬꼬들, 내년에도 열심히 봉사할 거지?

바쁘다는 말은

어느새 바쁘다는 말을 입에 달고 산다
전화를 걸어 온 상대방의 첫마디도 "바쁘지요?" 한다
"아니요. 방학이라 놀아요"
바쁘게 산다는 건 좋은 거다
뭐든지 남보다 미리 깨어 있고
계절도 먼저 느끼는 거다
바쁘다는 말은 나의 허전함을 채우는 거다
봄이 되면 꽃을 찾아 산과 들로 헤집고 다녔다
새로운 꽃을 찾는다는 것 또한 만족을 위한 도전이다
요 며칠 방학이라 집에 머무는 시간이 많다
그러나 누가 물어보면
바쁘지 않아도 그냥 바쁘다고 한다
오늘은 모처럼 시간이 배부른 날이다

봄이야

이른 봄날,
수선화와 히아신스를 화분 두 개에 나눠 심었다
누가 먼저 피는지 내기를 하는지
하루가 다르게 쑥쑥 꽃대가 올라오는
푸르름에 마음마저 푸르러졌다
신기해서 하루에도 몇 번씩 보고 또 보느라
시간 가는 줄 몰랐다
노란 수선화가 꽃대를 쑥 밀어 올렸다
며칠 뒤 분홍색 히아신스도 따라 올라왔다
봄을 기다리는 나에게도 환한 미소가 떠나지 않았다
남향이라 온종일 일광욕을 해서 그런지
꽃들이 지는 것도 빠르다
꽃대가 나왔던 순서대로 꽃이 진다
꽃송이가 떨어지지 않고 그대로 마른 것은 애처롭다
꽃이 피면 설레서 매일 보고
꽃이 져도 꽃 핀 순간들을 생각하며 또 봤다
"알아, 내 마음에도 봄이 온 지 오래됐어"

엄마 제사

어제가 엄마 제삿날이다
코로나 상황이니 알아서 잘 모시겠다는 오빠의 말에
아무도 가지 않았다

"살아 계실 때 잘하지 그랬어?" 오빠의 한마디에
자책감과 후회가 밀려왔다
그때는 잘하는 게 뭔지 몰랐다

백혈병으로 수혈받을 병원을 들락날락하던 엄마는
처음에는 한 달에 한 번씩 가다가
삼 주, 이 주, 일주일
일 년을 그렇게 연명하며 사셨다

마지막으로 입원하던 날
흰 이불을 덮고 엄마 품에서
세상에서 가장 편한 잠을 잤다

다음 날 저녁에 엄마는 우리 곁을 떠났다
엄마는 고통스럽게 아파도 옆에 있기를 바랐다

살아 계시던 어느 날 혼잣말을 하셨다
"이렇게 아픈 것보다 얼른 죽었으면 좋겠다"고
못 들은 척했다

해마다 봄이면 엄마의 마지막 집 마당에는
은방울꽃 이불 덮고 있다
엄마, 그 집은 평안하신가요?

엄마 생각

청령포 '꽃피는 산골' 화덕 피자집
커다란 비닐하우스에 작은 정자를 만들고 온돌을 넣은 것이
어린 시절 아궁이에 불 때고 살았던 때가 생각났다
배 아프면 아랫목에 누운 채로 배를 쓸어 주던 엄마가 생각났다
한숨 자고 나면 언제 아팠냐는 듯
얼굴에 핏기가 되살아나곤 했다

정자 온돌방에는 오전과 오후 하루에 두 번 불을 넣는다
화덕에서 방금 사우나를 하고 나온 피자는
커다란 여드름투성이다
한입 베어 물으니 바삭바삭, 입안의 선율이 혀를 감아 버렸다
점심 먹고 한 시간도 지나지 않았는데 셋이서 다 먹어 치웠다
졸음이 밀려오는 시간 스르르 머리가 바닥에 닿았다

'울 아가 배는 똥배'
'엄마 손은 약손'
'먹고 싶어 먹었다'
'쑥쑥 내려가라'

후두두둑,
빗소리에 눈을 뜨니 엄마는 간데없고
식물원의 밀감 향기만 코를 점령해 버렸다

노루귀를 만지다

고양이 귀가 달린 레이 자동차로 산길을 올랐다
두 여인이 노루귀를 만나러 함백산에 가는 길이다
작년 4월에 왔었는데 1년 만에 다시 왔다
살금살금 숲으로 들어가니
하얀 밥풀이 일곱 개, 여덟 개, 아홉 개
눈인사를 건네는 노루귀에게 꽃잎을 쓰다듬고
'또 왔구나! 반가워'
'그래, 나도 반가워'
이리저리 둘러보는데 홍일점 청노루귀가 눈에 띄었다
보랏빛인 듯
에메랄드빛인 듯
비밀의 정원에 봄 마중 나온
청노루귀도 보았으니
올해는 행운이 가득할 것 같다

비 오는 날의 술안주

주말 아침부터 하늘은 회색빛이다
막내아들과 친한 언니의 생일 밥을 먹고 나오자
주룩주룩 장대비가 내렸다

돌아오는 차 안에서 신혼 초의 남편 얘기를 했다
꽃가마 타고 시집간 뒤 한 달도 되기 전에
은행에서 대출금 갚으라고 전화가 오고
백일이 지나자 카드사에서 연체 대금 내라고 독촉 전화가 오고
"건물 상속자시네요"
"제가 상속 안 받으면 어떻게 되는데요?"
"제2의 상속자가 갚아야지요"
매정한 인간들이었다
죽은 남편이 흥청망청 유흥비로 썼는데 나보고 내란다
빚도 상속이라 아들에게 간다는 말에 돈을 만들어 입금시켰다

시어머니는
"그깟 돈 얼마나 된다고 갚으면 되지!" 한마디 했다
돈 팔백만 원이 적은가,
혼자된 며느리에게
무슨 말을 저렇게 얄밉게 하는지 원망스러웠다

카드 회사에 의뢰해서 오 년 동안의 거래 내역을 빼 왔다
파란만장하게 썼다
삼 개월마다 술값으로 백만 원 넘는 돈을 쏟아부었다

"아들, 오늘은 아빠가 욕먹는 날이다"
기분 좋게 마신 술 덕분에 막내아들과 함께 돌아오는 길,
안주로 남편이 소환되었다

산자고의 노래

일요일 오후 정선 가수 분교 뒤 야산을 헉헉대며 올랐다
멀리 흰 실오라기 한 줄기가 어서 오라고 손짓을 했다
가까이 가보니 산자고다
종 모양의 자주색 활짝 피면
꽃 속엔 여섯 개의 하얀 별이 뜬다
엉덩이는 하늘을 향한 채
무릎은 바닥에 납작 엎드려야 볼 수 있는 꽃,
그래야 온전히 볼 수 있다
수십 년 전,
초등학교를 파하고 집으로 가던 중 소경불알을 캐러
냇가 덤불 속을 헤치고 들어갔을 때 보았던 꽃,
그때는 뱀 달래라고 불리어
만져도 안 되는 꽃으로 알았다

이렇게 예쁜 꽃을 피우는 걸
마흔이 넘어서야 알았다
한자로 풀면 '지혜로운 시어머니'라고 부르는 귀한 꽃,
깊이 있게 볼 수 있는 눈도 나이가 들어야 하는가 보다
간만의 바람 장단에 산자고의 노랫소리를 들으니
덩달아 신이 났다

개구리의 다이어트

아스팔트가 새까만 숲으로 변했다
바짓가랑이를 잡아당기는 빗줄기
우수를 막 지날 무렵이라 아직은 추운데
길가에 작은 연못이 생겼다
머지않아 배부른 도롱뇽과 개구리도
다이어트를 하러 올 것이다
날씨만 따뜻하면 사나흘이면
꿈틀거리며 부화를 할 것이다
엄마 얼굴도 모르지만
스스로 눈을 뜨고 먹을 것을 찾아 꼬물거리다가
어느 날 꼬리는 사라지고 개구리가 될 것이다
그리고 다시 여름이 지나고 가을이 되면
냇가로 내려와 동면에 들어갈 것이다
새봄이 오면 어미가 했던 것처럼
다이어트를 하러 물웅덩이를 찾겠지
개구리는 해가 바뀔 때마다 홀쭉해지는데
내 배는 해가 바뀌어도 그대로다

개 판 돈은 그릇을 사야 부자가 된다

초등학교 시절, 여덟 번째로 여동생이 태어났다
그때는 형제가 너무 많아서 창피했다
그나마 동생이 예뻐서 매일 업고 다녔다
동생이 똥을 싸면 '워리' 하고 강아지를 불러 먹이면 됐다
동생의 똥을 먹고
하루가 다르게 큰 강아지는
어느덧 덩치가 커져서 '컹컹' 짖기까지 했다
어느 날 학교를 파하고 집에 오니
꼬리 치며 반기던 개가 없었다
"엄마, 개는?"
"낮에 개장사가 와서 팔았어" 하신다
'그럼 돈이 생겼구나!' 하고는
다음 날 아침
"엄마 스케치북 사게 돈 줘" 하고 졸랐다
개 판 돈은 그릇을 사야 잘 산다며 주지 않았다
엄마 몸뻬 바지를 잡고 성가시게 졸졸 따라다녔다
자꾸 귀찮게 하는 게 싫었던지 마지못해 삼백 원을 줬다
학교로 향하는 발이 안 보일 정도로 달렸다
헉헉대며 구멍가게에 들러 스케치북을 샀다
이제 생각해 보니 스케치북도 온갖 것을 담는 그릇이었다
개 판 돈으로 그릇은 샀는데 아직 부자는 아니다
그러나 마음은 그 누구도 부럽지 않은 부자다

바람 교향곡

수요일과 목요일 저녁 7시 세경대에서
'영월 문화광부학교' '메이커 영월로' 강의를 들었다
첫째 날은 식곤증 때문에 꾸벅꾸벅 졸았다
둘째 날은 갱년기 탓인지 여행의 후유증 탓인지
발바닥에서 열이 났다
신발을 벗고 양말을 벗어도 마찬가지다
강의를 마치고 나무 아래 벤치에 앉아
발바닥의 열기를 식히며
같은 학교 2학년에 다니는 아들을 기다렸다
바닥이 차가워 손수건을 반 접고 또 접어서 깔고 앉았다
저 멀리 개 짖는 소리, 청개구리 소리, 소쩍새 소리,
서로가 약속이라도 한 듯 울어 댄다
방청객은 한 명
잠시 눈을 감고 바람의 교향곡을 들었다
바람이 간간이 불지만 훈훈하고 시원하다
지난 이 년 동안 학교를 다니면서
한 번도 이런 소리를 듣지 못했다
수업이 끝나면 집으로 가기 바빴기 때문이다
그때는 귀가 닫혔고 시간의 여유를 가지지 못했었다
아, 그러고 보니 속 시원한 바람 소리가
듣고 싶어 발바닥이 아팠었나 보다

달의 눈물

영월역에 초승달이 떴다
비 내리고 눈보라 쳐도 365일 떠 있다
반대편에서 보면 그믐달이 되기도 하는
매일 보름달을 그리워하며 하늘을 쳐다본다
비가 오면 우산을 받쳐 주는 사람 하나 없이
비를 맞는 달,
하늘을 물고 있다

만항재로 피난 가다

주말 오후 목에 끈적끈적한 땀이 고인다
선풍기를 켜고 앉아 있어도 누워 있어도 불쾌지수가 높다
냉방병인지 머리가 띵하다
머리부터 발끝까지 찬물을 뒤집어써도 마찬가지다
작년보다 폭염이 일찍 찾아온 것 같다
참다 참다 동네 엄니랑 차를 타고 만항재로 향했다
해발 1,330미터 숲길을 걸으며 피톤치드 샤워를 했다
매미는 휴가 중인지 조용하고 멀리 색소폰 소리만 들려왔다
모처럼 천상의 화원에서 눈도 귀도 즐겁고 몸도 시원하니
오장육부까지 힐링 되는 기분이다
집에 가려니 몸이 자꾸 쪼그라든다
아무래도 한여름에는
만항재 정상에 딴 살림이라도 차려야 할까 보다

12년 만에 듣는 동생 목소리

한 달 전에 남동생의 전화를 받았다
강산이 바뀌는 동안의 안부를 물으며 한참 수다를 떨었다
자리를 잡아서 잘살고 있어서 다행이지만
아직도 아버지와 큰오빠에 대한 원망이 가득하다
어디서부터 잘못됐는지 모르겠다

초등학교 시절 엄마를 먼저 떠나보내고 생각이 많았던 것 같다
초등학교 고학년 무렵인지 중학교쯤인지 기억은 나지 않지만
친구에게 '내 명령대로 해라'라는 내용의 편지를 썼던 것 같다
친구의 형이 그걸 보고 명절에 찾아와
동생과 학교에 안 다녔으면 했다

그 후 중학교를 원주로 가고 가족과 떨어져
작은할아버지 집에서 다녔다
혼자 외로움과 우울증에 빠져 살았나 보다
그렇게 삼십 년 넘게 살면서도 아버지를 보러오지 않았다

아버지는 아들 소식이 궁금해 언니한테 연락을 해서
보고 싶다고 전하라고 했지만
언니는 "아버지가 아들 아들 하며 그렇게 키웠으니
다시는 그런 말 하지 마요" 하고 쏘아붙였다

우리끼리라도 소통하며 살자고 전화를 끊기 전에 말했다
전화를 끊고 이천 작은언니랑 통화를 하며
가끔 연락해서 만나자고 했더니 '그러자'고 했다
누가 이런 상황을 만들었는지 원인은 있는데 정답은 없다

손가락이 닮았다

추석 연휴에 세 아들과 함께 단양으로 여행을 갔다
해마다 추석 2주 전에 벌초를 하고
차례를 미리 지내고 나니 시간 여유가 많다
작년에는 친정 동네로,
올해는 둘째가 있는 진천에서 놀자 했더니
놀 만한 곳은 단양이 좋다고 한다

가족 네 명이 떠나는 여행은 11년 만에 처음이다
큰아들 입대하기 전에 넷이 기차 타고 정동진을 갔었고
둘째 때는 셋이 다녀왔다

새벽 5시부터 밑반찬 챙겨 제천역으로 큰아들 마중을 갔다
기차 도착 시각이 여유가 있어 역전시장에 들러
생선전과 지짐이를 몇 가지 사는데
가족과 함께하는 시간이 마냥 즐겁다
그동안 코로나19 탓으로 이런 시간을 만들지 못했다
일찍 움직인 덕에 도로는 한산하다
미리 카톡방에서 여행할 곳과 맛집을 검색한 덕에
아침 식사는 단양시장에 있는
순대국밥으로 든든히 채울 수 있었다

밥상을 챙기는 아들 둘의 손을 눈여겨봤더니
손가락이 짧고 손끝이 뭉툭한 것이
친할아버지, 외할아버지, 남편 손과 내 손을 닮았다
거기다 손톱은 와이셔츠 단춧구멍만 하고
손톱을 물어뜯는 것까지 닮았다

저녁에 숯불에 고기를 굽는 둘째의 손도
유심히 봤더니 똑같다

씨도둑은 못 한다더니 어디 가서 손가락만 보고 찾으래도
아들 셋을 찾아낼 것 같다

앞으로는 짬을 내 아들들과 여행을 하고
닮은 손가락도 자주 봐야겠다

산 위에 뜬 초승달

단양 카페 산 하늘 낮달이 가득 떠 있다
패러글라이딩으로 날아오른 사람들이 형형색색 날아가는 모
습이
영락없는 초승달이다
무슨 생각을 하며 바람을 가르고 있을까
아들에게도 "너희들도 타 볼래?" 했더니 다들 도리질을 한다
나도 고소 공포증이 있는데 녀석들도 마찬가지다
패러글라이딩 선수의 시범 비행을 바라보며 산 정상에서
커피와 빵을 먹으니 입도 눈도 호강이다
올라갈 때는 몰랐는데 내려오려니 멀미가 날 지경이다
그래도 낮달 구경을 실컷 했으니 본전은 뽑았다

제3부

—

의자의 추억

노근리 쌍굴다리에서

노근리 쌍굴다리 교각에는 칠십 년 전
총탄 자국이 그대로 있다
미군들의 양민 학살 현장의 증거다
총 맞고 쓰러진 엄마 젖을 물었던 아이는
매일 밤 '엄마, 엄마' 하며 누나의 젖가슴을 파고들었다
'엄마는 잠시 어디 갔어' 하며 달래던 누나도 여든이 넘어
그날만 생각하면 한숨이 땅바닥에 떨어진다
엄마를 부르며 사립문 밖만 쳐다보던 아이도
반백 년이 지나 일흔이 넘었다
그때의 울음소리는 기차 소리에 묻혀 사라지고 없다
무얼 안다고 그런 아픔과 시련을 주었는지
그날의 아기는 시린 가슴을 쓰다듬으며
아물지 않은 상처를 안고
기적 소리가 울릴 때마다 가슴을 쓸어내린다

사촌들 얼굴은 아시나요?

지난 토요일 이천 둘째 언니네 큰딸 결혼식에 갔다
가족 카톡방에 보름 전부터 청첩장을 올렸다
큰아들은 출근이라고,
둘째 아들은 출장이라 "죄송합니다" 한다
막내아들이 운전해서 삼십 분 전에 도착했다
친정 조카 결혼식은 처음이다
그것도 어릴 때 보고 수십 년 만에 처음이다
도착하자마자 언니 형부에게 인사를 하고
신부 대기실에 갔다
예쁜 조카딸이 먼저 알아보며 먼 길 와 주서서 고맙다고 했다
막 나오려는데 "이모, 같이 사진 찍어요" 한다
예쁘게 커 줘서 고맙다
동갑내기 사촌은 출근이라 못 오고 막내랑 왔다며 사진을 찍었다
사촌들 얼굴도 보고 살아야 하는데 아들들에게 미안했다
어디부터 꿰맞춰야 할지는 모르겠지만
이것도 내가 할 일인 것 같다
그래, 이제 자주 보고 지내자
내년에는 친정 형제들 모임에 조카들까지 모이자고 해야겠다
못 데려오는 가족은 벌금을 내라는 회칙도 만들어야지
집으로 돌아오는 내내 그날을 생각하며
신바람이 나 콧노래가 흥얼흥얼 절로 났다

고구마꽃 피던 여름

칠팔 년 전 그해 여름은
머리카락이 다 벗겨질 정도로 뜨거웠다

일 년 전부터 알코올성 치매를 앓기 시작한 시아버지는
주기적으로 어머니를 의심하고
말 같지 않은 소리와 욕을 하며 구타를 했다
견디다 못해 어머니는 청주에 방을 얻어 집을 나갔다
시아버지 증상이 점점 심해지자
시동생이 참다못해 병원에 입원시켰다

농사지을 밭고랑을 말끔히 정리해 놓고
두 분이 집을 떠나셨으니
그 밭을 어찌할 수 없었다

퇴근 후 중학생인 막내아들과 달을 보며 비닐을 씌우고
고추, 치커리, 토마토, 고구마, 완두콩, 셀러리 등을 사다 심었다
주말이면 끈으로 묶어 주고 줄을 띄우고는 했다
작은 밭이지만 손바닥에 물집이 생겨 터지고
굳은살이 배기도록 작물을 가꿨다
풀은 왜 그렇게 빨리 자라는지 풀만 봐도 진저리가 났다

한여름 저녁나절 고구마밭의 풀을 뽑는데
땀이 이마에서 발뒤꿈치까지 흘렀다
한창 고구마 섶을 들어 아래 고랑으로 옮기고
잡초를 뽑고 있었는데
고구마 줄기 사이로 진보랏빛 작은
나팔꽃을 닮은 꽃송이를 만났다
나를 쳐다보는 꽃이 백일 지난 아기가
초롱초롱 엄마를 올려보는 눈길이었다
앙증맞고 귀여워 얼른 핸드폰으로 사진을 찍었다

꽃을 보기 위해 매일같이 밭을 찾았다
가을이 되어 고구마를 캘 때도 그 줄기에는
여전히 꽃 한 송이가 남아 있었다

그해에 처음 본 그 꽃,
내가 본 마지막 고구마꽃이다

아홉사리, 만나던 날

삼 년 만에 원주에서 초등학교 여자 동창 모임을 했다
얼마 전 수술하신 친정 엄마도 만날 겸 아들과 함께 길을 나섰다

살짝 눈발이 날린다
고속 도로를 막 올라타자마자
눈길에 미끄러진 차가 하늘을 보고 뒤집혀 있다
놀란 가슴 추스르기도 전에 조금 더 가자
사람들이 나와 서 있었다
뒤차가 앞차 꽁무니를 박고 나란히 붙어 있다

우여곡절 끝에 '아홉사리' 친구 아홉이 모두 모이고,
아들은 덤이다
코로나 후유증으로 머리가 빠져 가발을 쓴 친구도 있고
이석증이 있어 직장을 쉰다는 친구도 왔다

초밥으로 점심을 때우고 차 마시는 사이,
친정으로 부모님을 뵈러 갔다
돌아오는 길 엄마가 사과 한 박스를 차에 실어 주셨다

친구들은 아직 수다 중이었다
내년 오월에 친구 딸 결혼식 날 서울에서
다시 만나기로 하고 집으로 향했다

눈길이 무서운 하루,
무사히 운전해 준 아들이 고마웠다

턱 빠진 그믐달

매주 월요일 저녁 9시
영월 나도 작가 시 창작 수업을 끝내고
집으로 돌아가는 길
영월부터 사북까지 달이 따라왔다
달은 턱이 빠진 채 따라왔다

십 여년 전 치과에 들렀었다
"아 하세요"
"아~~~~"
입을 크게 벌리다가 그만 턱이 빠지고 말았다
말을 못 하고 손가락으로 턱을 가리키자,
"턱을 아래쪽으로 끌어당겨 넣으세요"
고개를 끄덕끄덕하고는
턱을 쓱 끌어당기니 제자리에 맞춰졌다
치료가 끝나고 뻐근한 턱을 만지며 나왔었다

그날만 생각하면 혼자 히죽히죽 웃음이 난다
언제부턴가 그믐달만 보면 나는 턱이 뻐근하다

빛바랜 사진

한 달 전 내 방에 붙박이장을 들였다
그 전날 쌓여 있던 짐을 비어 있는 아들 방으로 옮기다
우연히 앨범을 발견했다
이십 년이 지난 시아버님 회갑연 사진을 보다가
갑자기 화가 치밀었다
빛바랜 사진 속 남편은 보조개가 들어간 채 웃고 있었다
눈앞에 환생시켜 몇 대 두들겨 패 주고 싶다
예고도 없이 갑자기 나를 가장으로 만들어 놓고 떠난 사람
밉지만 가슴 시리도록 보고 싶다

그날 이후 며칠이 지나도록
짐에 손도 대지 않고 그대로 놔두었다
주말에 집에 온 아들보고
"짐을 정리해야 하는데" 했더니
아무 말 없이 옷장의 옷을 정리해 주었다
아들 방에 있던 앨범까지 내 방으로 옮겨 왔다
내가 그 앨범이 많이 보고 싶었던 것을 아들도 알았나 보다

연탄 봉사를 마치고

주말에 아들과 함께 연탄 나르기 봉사에 참가했다
아들은 집을 출발하면서도 본인 의사도 물어보지 않고
봉사활동을 신청했다고 투덜투덜한다
가족봉사단 팀장인 엄마가 잡은 봉사인데
입 다물고 있으면 좋으련만
난 아무 말도 없이 아들 차에 탔다

오늘은 연탄 천 장을 두 집에 배달해야 한다
중환자실 병문안 갈 때처럼
앞치마 우비에 비닐장갑을 끼고
코팅 장갑까지 이중으로 장착하고
이십 명이 넘는 인원이 연탄을 한 장씩 들고
릴레이로 나르기 시작했다
힘들지만 어느덧 서로의 얼굴에는
'하하 호호' 웃음이 떠나지 않는다
오백 장을 나르고 나니 이마에 땀방울이 송골송골 맺혔다

두 번째 집으로 이동해 연탄을 나르려 하니 이동 거리가 멀어
두 장, 세 장, 네 장씩 들어 날랐다
우비와 장갑 속에는 습기가 가득 차기 시작했다
어르신은 고맙다는 인사를 하며 밖에서 계속 지켜보고 계셨다

연탄을 한 장도 깨트리지 않고 무사히 배달 완료했다
장갑을 벗고 마시는 음료수 한 잔은
이마의 땀과 피로까지 한순간에 싹 날려 버렸다
올겨울 따뜻하게 보내실 어르신을 보니
내가 부자가 된 것 같다

서로가 고생했다며 인사를 나누고
돌아오는 가벼운 발걸음에 흥얼흥얼 노래를 불렀다

변산바람꽃

우수가 지나고 바람이 불어오자 속옷만 입고 날뛰는 처녀들,
야, 너 소문 났어!
정말?
전국에 바람난 계집애로 TV에 SNS에 소문이 자자해!
어떡하니?
그러게 다소곳이 차려입고 나오지!
주말에는 너 보려고 서울 남정네들 떼거리로 온다는데,
너도 이제 시집가야지
해마다 봄이 오면, 수많은 사내들 마음 들뜨게 해 놓고,
그러다 처녀 귀신 되지 말고 올해는 어떤 놈이건
허리춤을 낚아채 시집가야지
변산 아가씨 수줍은지 화사했던 얼굴이 백지장으로 바뀌고
코끝은 팥죽색으로 변했다

소인국 여행 중

학교 급식을 한 지 17년이 넘었다
초등학교에서 10년,
중·고등학교에서 6년을 일하고
다시 초등학교로 발령받아 왔다

십여 년 전에는 몰랐는데 모든 게 작다
책상도 창틀 높이도
식판도 수저도 모두 작다

학생 수가 적다 보니
매일매일 소꿉놀이하는 것 같다
유치원 아이들은 왜 그렇게 예쁜지
아이들이 예쁜 걸 보니 손주를 볼 나이가 된 것 같다

소인국에서 5년 정도 여행을 하며
통통한 여왕으로 살아야겠다

편식하는 소율이

남선초등학교 2학년 소율이,
점심시간마다 영양사 선생님과 실랑이를 벌인다

천천히 먹기는 하는데 밥보다 튀김이나 고기를
더 먹으려고 한다

하루는 소떡소떡이 나왔다
밥은 안 먹고 소떡소떡만 먹고는
더 받으러 왔다

배식이 끝난 뒤라 떡만 남아 있었다
떡만 줬더니
"선생님, 소는 없고 떡만 있어요."
"밥도 먹고 골고루 먹어야 응아를 잘 봐"
하면서 밥을 다 먹였다

보리차까지 마시게 했더니 진이 빠졌는지
"휴" 하며 한숨을 쉰다

소율아, 내일은 골고루 다 먹을 수 있지!
언니가 옆에서 응원할게

병아리들 학교를 점령하다

콩 콩 콩 콩~
콩 콩 콩 콩~

여섯 살, 일곱 살 아이들이
병설 유치원에 입학했다

복도를 뛰어가는 발이
내 손바닥보다 작다

점심시간에 식탁에 앉은 아이들
발이 공중에 떠 있다

밥을 다 먹고는
스르륵 의자에서 내려와
보리차를 가져다 마신다

신발 크기는 140밀리나 되려나
나도 저런 시절이 있었지

내일은 아이들에게 궁금한 걸
꼭 물어봐야겠다

검정콩의 비화

오늘 점심 메뉴는 검정콩밥이다
건강에 좋다지만 두둑두둑 이빨에 씹히는 게 싫다
밥을 받아 자리에 앉으며 어찌할지 고민했다
일단 입으로 한 숟가락 넣고는 입에서 볼 쪽으로 밀었다
선생님이 다른 친구들을 보는 틈에 입을 만지는 척,
콩을 손에 담아 주머니에 넣었다
그렇게 며칠이 지났다
까맣게 잊고 있었는데 빨래를 하던
엄마의 웃음소리가 들려왔다
"여기서 잠자는 애들은 뭐니?"
"내가 먹기 싫어서 몰래 넣었어"
서로 마주 보며 조마조마했던 그 순간을 생각하다
같이 웃었다
다음에는 꼭 콩 한 개라도 먹어 볼 생각이다

의자의 추억

황순원문학관 문학 교실 나무 의자에 앉아
'소나기' 영상을 보았다
갑자기 어린 시절이 생각났다
코찔찔이 관섭이는 학교 다니는 내내
코를 소매에 닦아 코 밑이 항상 분홍색이었다
소매도 반질반질했다
그 모습을 보다 못한 담임선생님이 약을 직접 사다 발라 주었다
학교에 가면 수업은 안 시키고
두 팔을 뒤로 묶어 의자에 앉아 있게 했다
그러기를 몇 달
첫눈이 내리는 날 분홍색인 코밑은 하얗게 아물었다
아마도 첫눈이 만들어 준 선물이었던 것 같다

지팡이에 의지해 산다

주말에 문예지 창간 기념식에 다녀왔다
한국 문단의 큰 어른 이생진 시인이 축사를 했다
나에게는 큰 영광이다

축사 중에 '지팡이를 의지해서 산다'는 말씀을 하셨다
아침에는 네 발로 점심에는 두 발로 저녁에는 세 발로
걷는 동물이 사람이라는 말이 생각났다

집에 와서도 시인의 말이 자꾸 머릿속을 맴돌았다
카르페 디엠,
올 일 년이 마지막이라는 생각으로 살고 있다고 했다
'그렇게 살다 보니
오늘 쓰는 시가 마지막 시이고
오늘 만나는 사람이 마지막 만나는 사람이고…'

시인의 시가 자꾸 머릿속을 맴돌아 시를 찾아 읽었다
나도 나이가 들면 저런 말을 하며 살까
그 모습이 나이 든 내 모습이었다

2년 전 작가와의 만남 때 "열심히 쓰세요"
시인이 몇 번이고 했던 말이다
앉거나 서거나 어디에 있든 시를
열심히 써야겠다는 다짐을 했다

왕돈가스 기다리다 목 빠진 날

주말에 아들과 지인의 문병을 다녀오다
점심으로 제천 왕돈가스를 먹었다
아들이 유튜브에서 보고 꼭 한번 가 보고 싶었다고 했다

11시 30분 오픈인데 11시에도 이미 기다리는 사람들이 많았다
테이블은 5개
자리를 모두 채우고 우리 순서가 13번째다
기본 1시간은 기다려야 한다고 했는데
2시간 50분 만에 자리에 앉았다

미리 주문을 하고 자리가 나면 전화로 호출을 했다
기다리는 동안 가까이에 있는 구제 가게를 다니며 쇼핑하고
무작정 차에서 기다렸다

돈가스와 물냉면을 주문했는데
샐러드, 된장찌개와 밥이 나오더니 돈가스가 나왔다
남자 손바닥만 한 크기 두 장에 만 오천 원이다

전날 술을 한잔한 탓에
숟가락은 돈가스보다 냉면 그릇으로 향했다
국물은 슬러시 같은데 마실수록 시원했다
돈가스는 황기에 숙성시킨 거라 했지만
내 입맛에는 맞지 않았다

배불리 먹고 나오려는데
수정과가 소주잔만 한 컵에 나왔다

가격은 착했지만,
"한번은 와도 두 번은 안 온다"고 아들에게 말했더니
"다음에는 라면집으로 갈 거야!" 한다

부른 배를 잡고 집으로 향하는데 부러울 게 없었다

달을 보쌈해 간 스카프

4월 첫 금요일 저녁 산악회 모임에 참석했다
오랜만에 모임에 참석해서 그런지 다들 일어날 기미가 없다
다음날 일찍 서울에 가야 한다는 핑계로 서둘러 헤어졌다
차에 시동을 켜고 운전하려는데
라이트를 안 켜도 될 만큼 밖이 환하다
양은 세숫대야보다 밝은 달이 대낮인가 착각할 정도다
얼굴까지 환해져서 달과 앞서거니 뒤서거니 하며 달렸다
갑자기 어디선가 길게 늘어진 검은 구름, 서서히 다가와
둘의 모습을 시샘하듯 달을 보쌈해 갔다
결국 집에 도착할 때까지 암흑이다
덕분에 일찍 잠에 들었다
새벽하늘을 쳐다봤다
밤새 비바람에 얼마나 시달렸는지 금빛 햇살은 사라지고
초라한 낮달 한 조각만 나를 따라왔다

얼레지에게

사월의 비바람이 만항재 정상 표지석을 휘감아 돈다
천상의 화원에서 연분홍 치마를 펄럭이며 유혹하는
"누가 저 여인 좀 말려 줘요"
혹여 치마가 벗겨질까
어금니 악물고 버티고 서 있는 저 여인,
이름 모를 낭군을 기다리는 모습만 처량하다
입술은 점점 팥죽색으로 변해 가는데
간간이 보이는 사내들은 노란 저고리 풀어 헤친 여인에 빠져
눈길도 주지 않았다
연분홍 치마를 허벅지까지 걷어 올려 보지만
아무도 봐 주지 않는다
한바탕 소나기가 쏟아지고 가지런해진 풀숲에
물기에 젖은 저 여인, 홀로 뜨겁다

허기진 배

저녁을 먹고 퇴근했는데 눈길 운전에 바짝 긴장한 탓인지
집에 들어서니 갑자기 허기가 몰려왔다

주방을 두리번두리번하는데 가스레인지 위에
알배기 도루묵찌개가 눈에 확 들어왔다

얼른 찌개를 데워 밥 한 그릇을 떴다
국물을 한 숟가락 맛보니 소주가 생각났다

눈치 빠른 아들이 얼른 소주 한잔을 권한다

동해 북평장에서 사 온 도루묵을
유튜브를 보면서 끓였다고 했다
비법을 물었더니 봄에 담근
산마늘지를 넣었다고 했다

도루묵 알들이 입안에서 터지는 소리에 소주가 달다
아귀가 아플 정도로 수천 개의
도루묵 알을 배 속에 품고 잠자리에 들었다

다음 날 새벽 5시 잠이 깨자마자 허기가 다시 몰려왔다
아무래도 지난밤 먹은 알들이 부화하려나 보다

제4부

―

엄마의 아침 밥상

이빨 빠진 호랑이

5월 연휴에 막내아들과 고향을 찾았다
어버이날과 아버지 생신이 겹쳐서 겸사겸사 나선 길이다
둘째 언니네 조카딸 부부가 외할아버지께 인사도 드리러 왔다
점심은 형부가 사기로 해서
쇠고기를 먹나 하고 잔뜩 기대를 하고 따라갔는데
삼겹살집이다
"쇠고기가 아니네요?" 하니
"아버님이 돼지고기 드시고 싶대" 한다
"아버지 덕분에 횡성 한우 먹나 했는데" 한마디 했더니
"내가 쇠고기는 질겨서 먹기 힘들어" 한다
돼지고기 모둠을 시켰다
아버지는 드시는 모습이 불편해 보였다
치아가 시원찮다고 살짝 구운 연한 것만 골라 드시는데
그것도 대충 씹어 넘긴다
내년이면 아흔, 적은 나이가 아니다
그래도 생신이라 소주는 한잔해야 한다고
연거푸 다섯 잔을 받아 마셨다
이빨 빠진 여든아홉의 호랑이는
생선도 뼈 없이 고기만 골라 먹는 고양이나 다름없다

식사 후 아들이 집에 모셔다드렸다
과일과 용돈을 드리고 나오는데 도로까지 따라 나와
연신 고맙다고 조심히 잘 가라고 한다
뒤돌아 나오는 내내 가슴이 먹먹했다
아버지의 굽은 등을 보는 순간 세월의 무상함이 밀려왔다
아버지, 내년에도 건강한 모습으로 소주 한잔 나눠요

아버지의 논

모처럼 광주로 향하는 버스를 타고
진천을 지났을 때 황토물의 연못이 보였다
모내기하려고 써레질이 끝난 논이다
계단식 논에 차례대로 물이 고여 있다
어릴 적 생각이 났다
검두골 골짜기 다랭이 논 상류에는 작은 샘이 있어
몇 날 며칠 물을 가두곤 했다
아버지는 위에 논부터 갈고 써레질을 하며 내려왔다
모내기도 그렇게 했다
집 근처에 못자리를 한 탓에 주말 아침이면
모를 쪄서 소쿠리에 지고 날랐다
할아버지, 아버지, 오빠들도
오빠들은 물이 흘러 옷이 젖어도 군말 없이 날랐다
발을 잘못 딛고 넘어지기라도 하면 사람은 안중에도 없고
'천치 같은 놈'이라고 욕이 날아왔다
아들보다 모가 더 중요했었다
1년 농사라 그랬다
요즘은 양수기로 물을 끌어 올려 벼농사를 짓는데
작년부터는 그마저 힘에 부쳐 동네 사람이 농사를 짓는다
황토 연못 위에 검게 그을린 아버지의 얼굴이 반짝였다

오동나무에 불 밝히다

시골 마당 위 장독대 옆
오동나무 끝에 매달린 엷은 보라색 등을 보았다
등은 나를 내려 보고 나는 말없이 걸려 있다
비바람이 불어도 꿋꿋이 매달려있다

봄에는 청사초롱 불 밝히다
가을에는 시집가는 딸의 장롱과 화장대로 팔려 갈지 모르는 채
무심하게 서 있다
아버지는 아직 나무가 덜 컸다며 아꼈다가
동생 시집보낼 때 베기로 했다

오동나무는 장롱으로 변했지만 나는 기억했다
시집간 동생의 방에서 환하게 빛나고 있는
반세기의 푸른 불빛을

엄마의 아침 밥상

이른 아침 주방에서 분주한 소리가 들린다
싱크대 물소리, 또각또각 칼질하는 소리, 가스 불타는 소리
그러다 갑자기 조용하다
솔솔 생선 굽는 냄새가 문틈을 타고 들어온다

"승균아, 아침 먹자. 물만 떠오면 돼"
새치구이, 멸치볶음, 채김치, 다시마지,
계란 프라이, 고추튀각, 어묵국
양념으로 시집 한 권도 놓여 있다
생선을 굽고 국을 끓이는 동안 음식 냄새는 시를 읽고 있었다
사실 나는 고등어를 더 좋아한다
국도 아침에는 안 먹는다

아침부터 '라또'에 밥을 비벼 새치와 어묵국도 같이 먹었다
문득 예전에 "아침에 국은 안 먹어요" 하고
엄마에게 화를 냈던 생각이 났다
그때는 미안하단 말을 못 했다
맛있게 먹고 있는 내 모습을 보고 웃는 엄마의 모습이 햇살 같다
오늘의 해는 식탁에서 먼저 떴다

미움이 사랑으로 변하던 날

지난 주말 산악인의 밤 1박 2일을 다녀왔다
나는 몇 년간 행사에 참석하지 않았다
내가 데리고 온 동생의 행동이 싫어서였다
작년에는 저녁만 먹고 왔다

어느 날 송사에 휘말려 몇 명이 퇴출당했다
예전에 회원한테 귀띔해 줬지만
내 말은 듣지 않았다
다들 일이 터지고 나서야 '미안하다'고 했다

다시 예전처럼 중심이 되어 자주 얼굴 보여 달라고 했다
산행은 못 하지만 월례회나 행사에는 참석한다고 했다

밤새 오가는 술잔 속에 별도 달도 함께 취했다

박새꽃 피던 날

해마다 유월이 오면 박새꽃을 보기 위해
비 소식이 없기를 바랐습니다

하루가 멀다고
만항재로 향했습니다

그러기를 5~6년
드디어 꽃봉오리를 만났습니다

그렇게 열흘 넘게 기다렸습니다
활짝 핀 박새꽃을 만나던 날
나도 모르게 환호성을 질렀습니다

"야, 드디어 폈구나! 반가워!"

우주를 향한 그리움의
주파수를 열고
하얗게 날아가는 여섯 개의 날개를 만났습니다

초당대학교 재학생은 59명

지난 금요일 저녁 아들과 밥을 먹으려고 고한으로 향했다
고한보건소 앞 도로 갓길에 버스 두 대가 나란히 서 있다
앞차는 못 보고 뒤차에 '초당대학교'라는 팻말이 보였다
"아들, 버스에 초당대학교라고 쓰여 있네!"
"엄마, 그 학교는 학생을 59명밖에 안 받는대요"
"왜?"
멍하니 아들을 쳐다봤다
한참 후
"60명이 넘으면 분당이 되잖아요"
뒤늦게 깔깔 웃는 나를 쳐다보는 사이,
청년 순대국밥집에 도착했다
아하, 분당대학교 학생도 59명밖에 안 되겠네

만항역, 꽃 사냥 가다

토요일 새벽 5시
만항역으로 꽃 사냥을 갔다

태백, 영월, 정선이 만나는 천상의 화원에는
야생화가 지천으로 피어났다

만항역에는 역장도 승무원도 없다
매점은 365일 연중무휴다
그곳에서 오래전에 키핑해 둔 미소를 되찾았다

박주가리, 하늘나리, 긴산꼬리풀 만발한
해발 1,330미터 만항재에선
가끔 지인들도 만난다

야생화를 보며 시원한 바람을 심장 가득 불어 넣었다
이 순간 나 혼자 즐길 수 있는
세상에서 가장 크고 넓은 역전에 머문다

옥수수 미용실에 들렀다

어머님이 새벽에 옥수수를 따셨다
택배로 보낼 옥수수를 박스에 차곡차곡 담았다
갈색 옥수수수염을 보니 고등학교 때 막내 고모가 생각났다

도로공사로 고모 집에서 한 달 정도 학교를 다녔을 때,
고모를 따라 일하는 밭에 갔다
고모부는 동네 이장을 맡아 허구한 날 밖으로 나가셨다
당연히 옥수수밭은 풀이 절반이었다
남들이 욕한다고 밭 가장자리만 돌아가며 풀을 매셨다
고모는 "너 보기 창피하다"고 했다

햇살이 따가운 날,
심심해서 옥수수수염을 반으로 갈라 머리를 땋아 내려갔다
연두색, 분홍색, 갈색 다문화 머리였다
다행히 고모한테는 들키지 않았다

오랜만에 그날이 생각나 혼자 웃었다
그때 전 세계 머리를 그런지
아직도 내 머리 손질하는 재주는 없다

옛 원주역을 가다

원주에 사는 친정 오빠를 만나러 갔다가 폐쇄된 원주역에 갔다
한 번쯤 그곳에 꼭 가고 싶었다

2022년 1월 5일 KTX 노선이 개통되면서
원주역은 이사를 하고,
옛 원주역은 문을 닫았다
홍익회 가락국수집 간판은 그대로인데
문은 잠기고
유리문엔 X자 테이프만 펄럭이고 있었다

이십여 년 전 큰애 손잡고 둘째를 업고
역 광장을 나왔던 때가 생각났다
역전 파출소에 근무하는 고등학교 동창도 만났었다

아무리 기다려도 택시도, 버스도 오지 않았다
내 키를 훨씬 넘는 소리쟁이, 강아지풀, 뺑쑥만
빈터를 지키고 있었다

택시 승강장 벤치에 앉았다
해는 떨어진 지 오래고 화려한 불빛은 보이지 않았다
머리에 서리가 내린 오십 대 중반의 여자가
역 주변을 서성이며 누군가를 기다리고 있다

달 보고 먹는 저녁밥은 달다

추석날 차례를 지내고 포와 과일을 챙겨
엄마 산소가 있는 갑천으로 성묘를 갔다
오고 가는 길이 이십 리가 넘었다

아버지는 대낮부터 술독에 빠져 있었다
햇빛에 익은 얼굴은 붉어지고 발은 천근만근,
언니와 나는 늦은 낮잠에 빠졌다

저녁 식사가 늦어지자 아버지는 고래고래 소리를 질렀다
닥치는 대로 고추 광주리, 전기밥솥을
마당에 내동댕이쳤다
얼른 밥상을 차려 드리고 뒷산으로 도망을 쳤다

얼마나 지났을까 시장기가 느껴져 도둑고양이처럼
뒤뜰로 살며시 들어와 소리 죽여 숟가락을 들었다
부스럭, 고양이 소리에 머리카락이 하늘을 향했다

늦은 저녁, 달 보고 먹는 밥은 꿀맛이었다

서리꽃

국화꽃에 서리가 내렸다
학창 시절 생각이 났다

국화꽃 필 무렵 친구가 세상을 떠났다
며칠 동안 친구의 빈 책상이 허전했다
새벽에 서리 맞은 국화꽃을 꺾어 와
친구의 책상에 올려놓았다
국화꽃 향기가 사라진 시간들,
벌써 35년이 흘렀다

몇 달 전 동창들을 만나
그날 이야기를 하다가 눈물이 났다
국화꽃에 다시 서리가 내렸다

하늘길

인제 자작나무숲에 갔다
하얀 길이 하늘로 향해 열려 있다

부러진 가지엔 바람의 주차장이
원을 그리며 갇혀 있다

겨울을 불러오는 나무가 푸른 강물 속으로
물고기 길을 내고 있다

점봉산이 통째로 내린천으로 내려와 울고 있다

풋가을

주말 아침
앞산이 흐린 연두색으로 변했다

가을이 변하기 전에
풋가을을 구워 먹고 싶다

알알이 꼬챙이에 끼워 노릇하게 구워지면
입안에 가득 침이 고였다

볼록볼록 기포가 생기기 시작하면 호호 불어 가며
맛나게 먹고 싶다

달이 깨졌다

유년 시절의 변소는 마당 끝에 있었다
새벽녘에 배가 아파 잠이 깨면
고요하고 어두컴컴한 마당을 가로지르는 일이 두려웠다
언니를 깨우려니 욕먹을 것 같아 억지로 참다가 혼자 나갔다
마루에 나가보니 사립문 너머 쟁반보다 큰 달이 걸려 있었다
밖이 낮보다 환했다
얼마나 반가운지 한걸음에 뒷간으로 달려갔다
시원하게 볼일을 보고 나오다 이슬 묻은 소꼴을 밟았다
사립문에 걸린 달만 보고 걷다 그만 엉덩방아를 찧고 말았다
덩달아 내 두 달도 깨지고 말았다

바람 불어 좋은 날

골바람에 차가 휘청거렸다
동네 골목 노란 은행잎은 주리를 틀고 앉아
햇살을 줍고 있다

몇 년 전 햇살 좋은 봄날 자동차 공업사에
차바퀴를 교체하러 온 남자가 떠올랐다
"급하게 볼일이 있어서 가야 해, 빨리해 줘, 빨리"
그렇게 뒤도 안 보고 출발한 차는
매연도 채 가시기 전에 전화가 걸려 왔다
달리던 차에서 바퀴가 빠져 승강장에 세워 둔
오토바이를 쳤다고 한다

쪼그리고 앉아 장기를 두던 동네 사람들은 혼비백산했다
"시아버지 오토바이예요"
"어쩐대요? 차바퀴 교체 헛수고하셨습니다"
아무도 다치지 않고 그만하길 다행이다

바람도 산을 넘을 때는 한숨 돌린다는데
아무리 급해도 목숨을 담보로 움직이는 차는
꼼꼼하게 살펴야 하지 않겠는가?

둘레길에서 피똥 싼 날

외씨버선길을 걸었다
산악회 정기 산행으로 시작한 외씨버선길 12구간
김삿갓 문학관에서 출발해 12.7킬로를 5시간 동안 걸었다
강변을 따라 걸을 때는 좋았다
4부 능선 길은 오금이 저렸다
땅 위로 서릿발이 올랐다
낙엽 위에 낙엽이 쌓이고 눈이 살짝 덮였다
낙엽 아래 숨은 돌은 밟을 때마다 깨어났다
절벽 아래는 시퍼런 강물이 흘렀다
겁 없는 13인의 독수리들이
한 걸음씩 움직일 때마다 목에서 쇳소리가 났다
앞서거니 뒤서거니 햇빛에 비친 얼굴은 갓 따온 청송 사과를
닮았다
정상을 코앞에 두고 다리에 힘이 풀려 털썩 주저앉았다
다들 '둘레길'이라고 우습게 보다 혼쭐이 났다
다음 날 아침 목에서 피비린내가 났다

달의 눈물

펴낸날 2024년 4월 8일

지은이 박소름
펴낸이 주계수 │ **편집책임** 이슬기 │ **꾸민이** 박효빈

펴낸곳 밥북 │ **출판등록** 제 2014-000085 호
주소 서울시 마포구 양화로7길 47 상훈빌딩 2층
전화 02-6925-0370 │ **팩스** 02-6925-0380
홈페이지 www.bobbook.co.kr │ **이메일** bobbook@hanmail.net